# Bleue de toi

La Luciole Masquée

# Bleue de toi

suivi de
*La Femme-squelette*

roman

© La Luciole Masquée

Édition BoD – Books on Demand,
12/14 Rond-point des Champs-Élysées, 75008 Paris
Impression : BoD – Books on Demand, Nordersteds, Allemagne
ISBN : 978-2-3222-0497-7
Dépôt légal : mai 2020
Maquette et infographie : Maryse Sonia Alonso
Photo de couverture : Irina Kharchenko
Correction orthographique et typographique : Agnès Scicluna

*Je dédie ce roman à ma fille Yola pour la joie de vivre qu'elle m'insuffle chaque jour. Je pense aussi à mon « Oursange » et à Frédéric pour le sourire lumineux et la bienveillance qu'ils m'ont offerts.*

« *On ne se souvient pas exactement de la cause, mais un soir, un homme avait traîné sa femme jusqu'à la plus haute falaise, et l'avait précipitée dans le vide.* »[1]

Quand on confie son cœur à une personne, on lui donne pratiquement le droit de vie et de mort sur nous. On le sait, le véritable amour peut prendre de nombreuses formes, mais la plus ardente, celle qui brille avec une intensité sans pareille réside sous la surface. Derrière la chair, sous les multiples épaisseurs de peaux et de rêves ; là, on découvre un monde riche et complexe qui se dérobe au regard. On ne peut y avoir totalement accès qu'en empruntant deux chemins : celui de la sagesse et de la méditation, ou celui plus chao-

---

[1] La Femme-squelette, La Luciole Masquée
– Présent ouvrage, 2020, p 117.

tique de la douleur et de la création. J'ai choisi le deuxième, bien entendu, car je suis de ceux qui apprennent en se cognant et en se relevant. Je m'appelle Lily. Depuis ma plus tendre enfance, j'ai su me confectionner un bouclier pour garder la tête hors de l'eau : il se compose d'un beau sourire, d'une énergie à revendre, d'une capacité sans égal à me mettre en colère, et d'une pratique salvatrice : l'écriture. Ce cocktail ne me met pas à l'abri des blessures de la vie, au contraire, le malheur peut être même plus long à cicatriser lorsque vous avez le cœur recouvert d'encre et la rage au ventre. La souffrance a également tendance à devenir « romanticomélodramatique » et s'accrocher à moi avec la détermination avide d'une sangsue affamée.

Je dois confesser autre chose avant de démarrer mon histoire : j'entends un chuchotement dans ma tête. Je vous imagine déjà déclarer sans réserve que cette autrice est un peu fêlée, et qu'il vaut mieux refermer son livre au plus vite avant d'être contaminé. Mais détrompez-vous, après avoir écarté la schizophrénie ou le mystérieux syndrome des « entendeurs de voix », j'en suis venue à la conclusion que ce que je percevais s'apparentait bien plus à un guide spirituel. Je vous demande simplement de me croire sur parole. Lorsque j'ai eu le plus besoin d'une personne à mes côtés, j'ai compris que cette voix était bien réelle. Elle appartient à un homme, Samuel. Un jour, il s'est présenté à moi, m'a secourue et relevée au moment où je n'aurais jamais pu le faire seule, et où personne de vivant ne l'aurait fait d'ailleurs. Voilà, les présentations sont faites.

Mon récit commence lorsque Neil, l'être le plus important de ma vie, a décidé de me quitter. Rien d'exceptionnel en soi, il a jugé que nous devions nous séparer d'un commun accord. Ça se passe tous les jours, sur toute la planète, dans toutes les langues et toutes les cultures. Il a souhaité que nous reprenions chacun ce que nous avions amené, que nos routes s'éloignent et que l'on s'oublie. Une histoire banale de couple en somme. Nous devions simplement diviser nos billes en deux, répartissant équitablement les possessions de chacun. Hélas, dans la réalité, ce fut un véritable carnage. J'avais mal à en crever. On ne réalise pas à quel point le cœur émotionnel peut souffrir physiquement d'une telle déchirure. C'est une blessure musculaire qui ne parvient jamais à cicatriser totalement. Le temps et le repos n'y peuvent rien, vous saignez de plus belle, et chaque fois que vous essayez d'aller mieux, la douleur se rappelle à vous comme un écho lancinant. D'autant plus que Neil n'est jamais parti très loin, il est resté dans ma vie, revenant comme un moustique en plein été. Comment aurais-je pu m'en sortir sans le soutien indéfectible de mon guide ?

Pendant deux années, mon quotidien s'est résumé ainsi : je me levais le matin épuisée, la poitrine en lambeaux, j'enfilais un sourire, et j'allais me heurter aux gens en serrant les dents. Puis le soir venu, j'ôtais ma grimace fanée, je trempais mon oreiller de larmes et remplissais la nuit de hurlements. Jour après jour, comme un long chemin que l'on doit arpenter seul. Neil était un membre fantôme dont la douleur de l'arrachement revenait me hanter. Je me noyais petit à petit sans jamais atteindre les abîmes de mon malheur. Heureusement, Samuel était là, de temps en temps pour m'insuffler un peu d'air et de lumière. Il me répétait sans relâche cette phrase qui est très vite devenue ma bouée de sauvetage, mon mantra pour la vie :

*« Lily, si tu te retrouves en enfer, surtout continue de marcher droit devant toi,
sans te retourner, sans jamais t'arrêter.
Si tu tombes, relève-toi ! Un pas après l'autre.
L'enfer aussi a une fin. »*

Je me suis raccrochée à ses paroles et à sa voix comme l'on se cramponne à la dernière allumette dans la nuit. J'ai arpenté les profondeurs des ténèbres, d'un bout à l'autre, en me cognant, et en tombant dans des fossés de tristesse. Un temps, j'ai oublié que je devais en sortir, et j'ai même cru y être chez moi. J'ai découvert en ce lieu damné appelé *la cour des regrets*, un charme envoûtant, car, revivre inlassablement son pire cauchemar, c'est le garder contre soi encore et encore. C'est aussi croire dans un espoir irraisonné d'y trouver une fin heureuse.

Si vous imaginez comme beaucoup que l'enfer est réservé aux personnes mauvaises ou cruelles et bien, détrompez-vous ! On peut également y être plongé de force par un proche. Pour moi, ce fut l'homme à qui j'avais donné mon cœur et mon âme qui m'y a enfermée à double tour. Ainsi, il m'a conduite jusqu'au bord de la falaise, et m'a projetée dans un océan démonté. Les vagues m'ont happée de leurs bras puissants, elles m'ont attirée dans les abysses, sans me laisser une chance de m'en sortir. Neil est resté en haut de la corniche jusqu'à ce que je me noie. Je pense qu'il y a une certaine fascination à regarder l'autre mourir, et voir sa tête disparaître dans les profondeurs de l'oubli.

Mais revenons quelques instants au début de mon histoire... En un instant, mon corps, ma tête, mon cœur et mon âme sont tombés amoureux de Neil. Autant appeler ça la quadruple peine, car inévitablement vient le moment où l'objet de votre passion ne souhaite plus rien partager avec vous : il vous repousse, vous fuit, devient indifférent, trouve n'importe qui plus brillant, plus parfumé et lumineux que vous ne le serez jamais. Vous vous sentez écartelé, et cela dure des jours et des nuits, des semaines, des mois, et même des années ! C'est amer et sauvage de vivre avec une personne qui n'a plus de sentiment pour vous. La noyade est sans fin. Les mots peuvent causer de grands dommages, ceux-là m'ont été fatals :

*« Ecoute Lily, je préfère être sincère avec toi :*
*je ne t'aime plus. J'ai fait le tour de notre*
*relation. C'est mieux ainsi,*
*il faut que l'on passe à autre chose ! »*

Neil a commencé à rassembler ses affaires dans deux valises, il a ouvert la porte d'entrée et l'a refermée derrière lui sans la claquer. Le silence qui se clôt sur moi a envahi tout l'espace et m'a littéralement pétrifiée. Les larmes ont d'abord ruisselé dans mes entrailles, comme une averse d'acide creusant des ravines dans mon corps, et quand il n'y eut plus de place pour les contenir, le courant a tout emporté et a laissé s'échapper un tsunami de douleur. Je ne sais pas ce que ressent la personne qui part, mais celle qui reste est tel un prisonnier rongé de l'intérieur par le roi des rats. C'est de cette façon que mon meilleur ami, mon amant s'en est allé après dix-sept ans de vie commune. C'est ainsi que je suis restée, un pied dans la tombe, l'autre en enfer.

La question qui m'a hantée durant des jours et des nuits, c'est : peut-on réellement faire le tour d'un être vivant ? Peut-on se transformer au point de ne plus aimer celui ou celle qui a partagé sa vie ? Avec Neil, j'avais la certitude d'avoir trouvé ce qu'il y a de plus précieux dans la vie : une famille et un refuge. Il me semblait aussi que nous avions franchi ensemble suffisamment d'épreuves pour rester unis jusqu'au bout. Et puis, il en a « fait le tour ». Comme on virevolte autour d'un objet mystérieux sans en comprendre l'utilité. D'un seul coup, et avec quelques mots sans âme, je suis devenue celle que l'on balance, parce qu'elle ne nous sert plus. Ou peut-être, avais-je contracté sans le savoir une terrible maladie qu'il lui fallait tenir à distance.

Samuel, mon guide intérieur qui a un certain goût pour l'humour et le sarcasme, a imaginé des petites annonces pour se débarrasser de moi avec classe :

*« Donne contre bon soin une femme généreuse et douce, ayant le cœur et la tête un peu fêlés. Peut, sans doute, encore être utile. Le propriétaire en a fait le tour et souhaite s'en défaire au plus vite. »*

ou

*« À saisir très joli petit cœur. Exposé plein sud. À rénover... Beaucoup de potentiel ! »*

« Qu'en penses-tu ? Cela ferait de très belles annonces pour un site de rencontres, n'est-ce pas ?
— Très drôle Samuel, mais je ne crois pas être en état d'entendre ça ! Ni prête à me lancer dans ce genre de manège.
— Tu verras, un jour tu seras prête à le faire. Tu rencontreras quelqu'un qui saura prendre soin de toi et tu seras même capable de concevoir le départ de Neil comme la meilleure chose qu'il te soit jamais arrivé ! »

Pour ne pas faire de jaloux, il en a aussi concocté une pour Neil :

« *Avis à la gent féminine, de retour sur le marché, un homme qui n'a aucun sens des valeurs. Il profitera de vous pour gratifier sa personne, puis vous congédiera dès qu'il pensera avoir trouvé mieux, ou que vous en demanderez trop, car il n'est pas disposé à offrir quoi que ce soit.* »

Pour Samuel, l'humour a une grande valeur curative. Hélas, je n'ai pas choisi cette route, car je n'étais pas certaine d'avoir suffisamment d'ego pour trouver que cet abandon soit une faveur de la vie. Pour me débarrasser de la douleur, j'ai essayé des dizaines de petits chemins illusoires : me perdre dans l'alcool par exemple, mais je ne tiens pas au-delà de deux verres. J'ai ensuite cherché sur Internet, d'une boutique à l'autre, un objet qui pourrait soulager ma peine et m'apporter un peu de bonheur. Ainsi mon armoire s'est remplie d'un bol chantant, d'un tapis de yoga, d'une centaine de livres sur le bien-être, une multitude de pierres semi-précieuses montées en bracelets et colliers. Et puis un jour, j'ai compris qu'aucun objet ne possède le pouvoir de nous guérir en dépit de ce que l'on veut bien nous faire croire. En regardant autour de moi, j'ai constaté que les autres fuyaient le chagrin en sautant très vite dans une nouvelle relation.

Hélas, malgré mes échecs répétés à oublier ma peine, je n'ai pas choisi cette voie. Samuel ne m'aurait jamais laissée faire. « C'est juste un pansement de pacotille ! Tant que tu ne t'aimes pas, tu ne pourras jamais trouver un amour sincère. Seulement de tristes placébos ! Tu seras toujours en attente, mendiant des petits bouts de tendresse de personnes peu recommandables. Prends le temps de te recentrer sur toi. Prends le temps de t'aimer. »

Ainsi, je me suis retrouvée devant la porte de mon enfer et m'y suis engouffrée : « Continue d'avancer ! Tu es sur le bon chemin ! » me chuchote mon guide sans relâche. J'ai marché, mais tout au début, j'ai attrapé la terrible maladie du cœur décrite par Stendhal : la cristallisation[2]

C'est une maladie du cœur, de l'âme et de l'esprit. Chacun à son tour nourrit le mirage d'un être qui n'existe pas, qui n'a peut-être jamais existé et pire, qui n'existera jamais. Pour moi, Neil était l'élu et pour cette raison il était tout simplement impossible qu'il ne fasse plus partie de ma vie. Au mieux, il lui fallait une pause et il reviendrait ! Voilà ce que j'ai semé dans mon cerveau fracturé à ce moment-là. Puis, j'ai arrosé cette graine fétide pendant de longs mois avec des larmes salées. Personne n'aurait pu me faire changer de cap.

Ma peau a commencé à sécher, mon cœur aussi. Je suis devenue légère et transparente. Les vagues ont joué avec moi, comme avec une poupée d'os. Dans les profondeurs, j'étais seule, il faisait froid, seules les explosions successives de mon âme me réchauffaient et m'empêchaient de mourir. Dans cet état, j'aurais pu continuer des années et des années. Heureusement, Samuel était là, tapi dans l'ombre de mes pas.

---

[2] Le concept de la cristallisation a été inventé par Henri Beyle, plus connu sous le pseudonyme de Stendhal, dans son ouvrage *De l'amour*, publié en 1822.

Le ressac des souvenirs me ramène irrémédiablement en arrière. À cette époque, notre couple a vraiment dû en énerver certains, car Neil et moi étions inséparables. Il était impossible de nous détourner l'un de l'autre. Notre histoire n'était pas un roman à l'eau de rose. C'est certain, quand nos yeux se sont croisés, aucune étincelle ou pluie de paillettes ne nous ont éblouis, pas même un léger coup de tonnerre dans le ciel de printemps ! Nous étions des amis avant de devenir un couple. Cap ou pas cap de tomber amoureux ?

Nous avons été cap de mettre de côté notre amitié et de ne plus former qu'un du jour au lendemain. Cap de nous tenir la main, cap de nous embrasser. Cap de ne plus nous séparer, de parler de tout, et de rire à en pleurer. Cap de nous jeter dans la vie ensemble et de faire face à toutes les adversités qu'elle semait sur notre route. À un moment, on aurait été capables de se laisser ensevelir dans du béton, serrés l'un contre l'autre[3]. Nous avons été cap dix-sept ans. Et puis, un jour, Neil m'a lancé : « *Cap ou pas cap de se séparer ?* » Je n'ai pas été cap du tout. Lui, oui.

On peut critiquer la manière, le cœur y était en tout cas. Il a été cap ! Et moi, j'ai traîné ma carcasse dans les profondeurs d'un océan de fantômes abandonnés, espérant qu'un hameçon vienne s'accrocher dans mes os pour me sortir de cet enfer. Le grand Stendhal a inventé la cristallisation pour décrire la maladie dont souffrent les personnes comme moi. Sinon, comment expliquer que l'on puisse éprouver de l'amour pour quelqu'un qui vous brise le cœur et vous pousse

---

[3] Référence au film franco-belge, *Jeux d'enfants*, réalisé par Yann Samuell, 2003.

sans regrets dans une tempête de chagrin ? Durant deux années, j'ai pensé que je pourrais mourir de cette affection. Mon seul salut, mon échappée belle, ma porte de sortie, c'était Samuel. Je n'ai pas eu tout de suite la certitude qu'il était ce qu'il prétendait être. J'ai fait longtemps la sourde oreille. Et chaque fois que je ne l'ai pas écouté, je m'en suis mordu les doigts. Ainsi, j'ai picoré ses conseils tout au long de ma vie, çà et là. Surtout ceux qui ne brutalisaient pas trop mon chagrin. Quand on est dans la noirceur, on a tendance à s'y complaire. Un jour, Samuel, un peu exaspéré, a hurlé au fond de ma pauvre tête :

« Si je le pouvais, je te prendrais dans mes bras, te forcerais à me regarder dans les yeux. Je te dirais tout simplement : cet homme ne t'aime plus ! Là où il se trouve sur son chemin de vie, il ne saurait même pas reconnaître le bonheur pour lui-même. Cesse cet espoir stérile ! Avance, descends plus profond encore dans ta douleur. Tu y découvriras cette Lily lumineuse que je vois depuis ton enfance !

— Je ne peux pas ! Il va revenir. Il lui faut du temps. Notre couple est spécial !
— Tu es dans le déni morbide ! Accepte ce qui est ! Laisse-le partir ! Il n'est pas digne du mal que tu t'infliges ! »

Les paroles de Samuel me faisaient souffrir ! Mais au lieu de l'écouter, j'ai foncé tout droit vers l'enfer.

Comment en est-on arrivés là ? Selon Samuel, nous n'étions pas en harmonie. Quand on n'apprécie pas les défauts d'une personne autant que ses qualités, c'est qu'il n'est pas fait pour vous. De mon point de vue, un jour, le doute s'est aventuré dans son esprit. Et si une meilleure femme que moi existait ? Une femme plus sensuelle, mieux coiffée, plus parfumée, plus mince, plus vide peut-être, plus égoïste et mystérieuse. Samuel revient à la charge :
« La vie se charge de nous choisir un compagnon

à notre mesure, et puis, au pire, je suis là moi ! »
Mon guide est taquin, je me vois bien vivre en
couple avec un être spirituel. Mais si l'on y réfléchit quelques secondes, qui pourrait trouver à ses
côtés un être qui entend la moindre oscillation de
votre âme et qui trouve les mots justes, ceux qui
vous font du bien ? Qui reste quand vous pleurez
comme une loque, qui vous remotive, vous soutient dans toutes vos entreprises ? Peu de gens en
vérité. L'être humain a un don naturel pour ne se
focaliser que sur son propre bien-être ou son
unique plaisir. L'autre n'est qu'un poids supportable, jusqu'au moment où ce poids double de
taille, alors on s'en débarrasse.

Sans le savoir, on ligote en silence les personnes que l'on aime. Quand Neil a décidé de s'affranchir de moi, il s'est mis à courir à l'aveuglette,
toujours plus vite pour ne plus revenir, pour perdre définitivement le chemin.

Samuel m'a chuchoté de sa voix rassurante
et ferme : « Tu espères au lieu de vouloir. Tu as
deux voies possibles : soit tu vas le chercher, soit

tu te dis que ce sot ne te mérite définitivement pas et tu avances. L'attente est un démon qui va te dévorer le cœur !

— C'est faux Samuel ! Je lui laisse juste de l'espace.

— Lily, tu ne peux pas me mentir. C'est naturel d'espérer son retour. Tu l'as aimé comme une louve. Ces animaux savent qu'il y a des hauts et des bas dans un couple. Ils ont cette loyauté magnifique qui force mon admiration. Mais il est parti en croyant que c'était toi qui le rendais malheureux.

— Nous sommes restés ensemble après tant d'épreuves ! Tirer un trait sur tout cela m'est impossible !

— Toi, tu as affronté la "femme-squelette". Pas lui.
— Quoi ?
— La femme-squelette, c'est un symbole. Elle représente le cadavre dans le placard, la maladie, les conflits, les mensonges et les chagrins qui parcourent la vie d'un couple. Celui qui accepte la mort dans son ménage parvient à supporter les hauts

et les bas sans perdre l'intensité de ses sentiments. De nos jours, dès qu'il y a un problème, les gens se séparent, car ils refusent d'affronter cette dame des profondeurs et encore moins de se remettre en question.

— Je ne sais pas…

— Tu connais Neil comme personne. Vas-y, raconte-moi quels sont ses pires défauts. Cela te permettra peut-être d'arrêter d'attendre un dieu, alors que ce n'est qu'un homme.

— Son pire penchant, c'est son besoin de perfection dans ce qu'elle a de plus morbide. Rien n'était jamais suffisant. Mais j'ai accepté. J'ai tenté d'une certaine façon de devenir celle qu'il voulait. Et, lorsque j'ai senti que je n'y arriverais jamais, j'ai abandonné ce projet stupide et me suis complu dans mon imperfection.

— Tu vas te relever de cela aussi. Peu de personnes sont prêtes à traverser l'enfer ou se laisser noyer. Tu as ce courage. Mais peut-être que tu n'aurais pas dû lui pardonner la première gifle qu'il t'a donnée. Avance, sans te soucier de Neil.

Il a choisi sa propre route !

— Est-ce que tu es déjà tombé amoureux avec l'aveuglement dont je suis capable ?

— Bien sûr. Comme toi, j'ai aimé les mauvaises personnes, et les mauvaises personnes m'ont aimé. J'ai aussi eu la chance de rencontrer le plus grand des amours, celui que nous lie à notre âme jumelle. C'est là que j'ai compris que la magie existe bel et bien en ce monde.

— Et ?

— Et je te raconterai ça une autre fois. »

Ce jour-là, je n'ai pas bien saisi la métaphore de la femme-squelette, mais je me suis rappelé une chose importante : Neil, n'a jamais fait ce que j'espérais de lui lorsque nous étions en couple, pourquoi le ferait-il après notre rupture ? Je me suis rendu compte de la douloureuse absurdité de mon attente.

C'est à ce moment-là que je me suis mise à remuer au fond de mon abysse. Je ne souhaitais plus être dans ce piège, je voulais fuir, comme Neil l'avait fait lui-même. Je me suis débattue de toute mon âme, et soudain, quelque chose a fait remonter mon pauvre squelette recouvert de coquillages vers la surface .

Le plus doux de mes souvenirs, c'est celui de notre première nuit ensemble. Ce soir-là, j'ai eu l'impression d'avoir trouvé un abri calme et rassurant où cacher mes blessures et grandir. Il a embrassé mon visage en prenant soin d'éviter mes lèvres pour retarder le plus possible l'inéluctable étreinte. Et puis, nous avons partagé ce premier baiser qui nous a liés tant d'années. C'est ce que j'ai fait... Dix-sept ans durant, j'ai bercé son cœur, marché dans son ombre et déposé mon fardeau sur lui. Et puis un jour, il me l'a rendu. Étrangement, le poids avait augmenté. Samuel le décrit comme un être insensible. C'est bien sûr exagéré. Mon guide a beaucoup de qualités, mais il n'a pas l'honnêteté de voir les choses telles qu'elles ont réellement été. J'ai entendu son cœur battre pour moi. Je l'ai vu me sourire avec sincérité. Je l'ai senti s'inquiéter et me soigner. Neil me caressait d'une manière tendre aussi, mais voilà, on change et on se lasse.

Dans le filet, il y a aussi tous ses cris, ces moments où il a été injuste et violent. Il y a la trace de ce jour, lorsqu'il a passé la porte, et que mon cœur s'est brisé.

La mémoire est un organe essentiel de l'amour. Elle permet, durant les heures sombres, de se souvenir que cet être devant nous, nous l'avons choisi et aimé. Et malgré les horreurs qu'il vous fait subir, c'est encore lui. Même si son visage se grime de colère, on garde toujours dans le cœur celui où l'amour se dessinait. Nous avons existé. Nous nous sommes appartenu, tenu la main, embrassés. Nous avons ri, pleuré, affronté toutes les adversités de la vie ensemble. Je souhaite sincèrement que toutes ses images s'envolent tels des oiseaux migrateurs et surtout qu'ils ne reviennent jamais me hanter ! Samuel repasse à l'offensive :

« S'il désire oublier ce que vous étiez, c'est bien qu'il tente d'échapper à ce qui remue en lui.
— De quoi parles-tu ?
— La vérité. Celle que tu es la seule à percevoir.
— Mais je ne vois rien du tout.
— Tu peux dire ça à n'importe qui, mais pas à moi. Ce genre de réalité se distingue avec l'œil qui se trouve au milieu du front : l'intuition.
— Bon, on dérape dans l'ésotérisme, Samuel !
— Lily, tu parles à un guide invisible ! Je pense qu'on a largement dépassé l'ésotérisme pour entrer dans le surnaturel !
— Neil tentait donc d'échapper à quelque chose ?
— On s'en fout de Neil ! Je ne suis pas son guide, je suis le tien. Que cherchais-tu avec lui ? Tu voyais quelque chose... Quoi ?
— Étrangement, je n'avais pas de raison particu-

lière d'être avec Neil. Je l'aimais. Je me sentais en sécurité avec lui.

— Je pencherais plus pour le rôle de saint-bernard.

— Il est devenu ma famille, et ce que je souhaitais n'a plus d'importance à présent.

— Non, c'est essentiel de l'avoir à l'esprit pour ne plus retomber dans les mêmes pièges. Tu verras, ton chemin est plein de surprises, et tu comprendras ce que je veux dire. Une relation plus profonde et enrichissante t'attend. Avec lui, tu étais comme une béquille... Il ne faut plus retomber dans ce piège.

— Parle-moi encore de toi... Explique-moi ce concept d'âme jumelle.

— Je ne sais pas si tu es prête. Mais, imagine que tu rencontres celui qui appartient à ton unité divine. Les âmes jumelles ont un lien précieux qui les relie. Aucune relation n'est aussi forte que celle-là. Dans la vie, on peut croiser quelques âmes sœurs, mais une seule âme jumelle. Avec cette personne, on réalise ce que signifie l'expression « ne faire plus qu'un ».

— On dirait un conte de fées !

— Oui, en effet. Cet autre, intimement connecté à ton cœur, te fait vibrer comme personne et même loin de toi, il ressent tes joies et tes chagrins.

— Tu crois que j'aurais la chance de trouver une telle personne ?

— Continue d'avancer, traverse l'enfer et il sera peut-être là.

— Raconte-moi ta rencontre avec ta jumelle.

— Elle était au milieu d'une foule, nos regards se sont croisés et sont restés aimantés. À ce moment-là, ton cœur sait : c'est elle. Ensuite, tu fais tout ton possible pour la garder près de toi. Dans le cas où tu laisses passer cette occasion, autant te dire que le souvenir de cette rencontre viendra hanter ton sommeil et ton cœur à jamais ! »

Pour être tout à fait honnête, je dois admettre que je ne suis pas un cadeau du ciel, je ne fais pas partie du club des petites femmes fragiles et délicates. Neil a dû composer avec la foudre et les orages, dansant sur un fil entre rester ou partir. Mais je ne l'ai jamais vu. Le feu est égoïste et libre. Lui, c'était le calme, moi, la tempête. J'ai aimé sa sérénité, l'assurance, l'artiste et le monde que nous avons créé. Il a sans doute été charmé par l'explosion d'étoiles, moins par la nuée ardente et la lave qui la suivait.

Ainsi, je fus difficile, bornée, têtue, stressante, impétueuse, franche, déterminée, sans foi ni loi, passionnée, tendre, à fleur de peau, pleurant pour un rien. J'ai façonné mes montagnes russes sans réfléchir, car je suis ainsi faite. Mais je n'aurais jamais pu être celle-ci sans son soutien à lui. Il a permis cette liberté, il a accepté ma différence, et dans une certaine mesure a bercé mes émotions. Je crois pouvoir le dire, il a autorisé la libération de l'être indocile qui vivait en moi. Sans jamais le dompter, Neil a composé avec, et l'a laissé se développer, prendre de la place et finalement tout dévorer autour de nous.

« Tu es en effet une femme sauvage, Lily. Mais tu oublies une grande partie de ce que tu as été pour lui : patiente, courageuse, tu as accepté de passer en second derrière sa passion artistique. Tu as été un véritable soutien, à tous les niveaux. C'est pour cela que tu es dans cet état aujourd'hui. Mais tu es forte et tu vas t'en sortir.
— Oui, mais une femme comme moi, ce n'est pas très séduisant.

— Il est certain que les hommes qui manquent d'assurance n'ont qu'une envie, c'est se barrer en courant ! Et bien qu'ils le fassent ! Il te faut quelqu'un qui se suffit à lui-même, qui désire te donner de son temps, et qui a envie d'apprivoiser cette femme sauvage si impétueuse. En bref, quelqu'un qui te regarde comme si tu étais de la magie !

— Mais, je n'ai que les os sur le corps et l'âme en charpie !

— Pour moi, tu es comme une étoile filante, de la poussière de lune ou une fée. Si l'homme avec qui tu étais n'a pas compris la merveille que contient ton cœur, alors il valait en effet mieux que tu l'abandonnes.

— Mais, c'est lui qui est parti !

— Tu aurais dû t'en séparer toi ! À présent, ne le laisse jamais revenir ! Un aveugle, voilà ce qu'il était ! Quand on a une reine qui se bat à ses côtés, on ne la quitte pas pour une hypothétique poupée de chiffon !

— Comment ?

— Qu'est-ce que tu crois, Lily ? Neil vit avec toi pendant dix-sept ans, et un jour il t'annonce qu'il ne t'aime plus, et c'est tout ? Ce qu'il ne t'a pas dit, c'est qu'une autre femme est entrée dans sa vie. Elle lui a donné des sensations qu'il n'a plus éprouvées depuis longtemps avec toi, et ça lui a plu. Aucun homme sain d'esprit ne part sans savoir où il va. »

Je suis restée quelques minutes sans pouvoir articuler un seul mot ni une seule pensée. Cette révélation m'a glacé le cœur, il est devenu lourd, j'avais à peine la possibilité de respirer. Est-ce que Samuel avait raison ? Rien ne pouvait expliquer un tel revirement. Une autre proposition lui a été faite, et j'ai été reléguée dans l'ombre.
« Rien n'efface ce que l'on est, Lily, c'est celui qui regarde qui perd l'émerveillement ! Tu es toujours cette femme lumineuse, emplie de couleurs et de vie. Tu as eu des moments difficiles, et pas mal d'épreuves… Tu les as gérées comme tu le pouvais, avec combativité et persévérance. C'est dans l'adversité que les hommes et femmes révèlent ce

qu'ils sont. Soit ils fuient tels des lâches, soit ils affrontent les choses, et ils grandissent. Toi, tu es de cette trempe-là. Et c'est pour cela que je suis toujours à tes côtés.

— Samuel, est-ce que ma traversée des ténèbres va faire de moi une personne odieuse, incapable d'aimer à nouveau ?

— L'enfer dévoile, il n'enlève rien. Aujourd'hui plus que jamais, tu connais le prix d'un sourire et celui d'une caresse. Maintenant, tu verras plus clair. Tu sauras refuser ce que tu ne souhaites plus revivre et apprécier qu'une personne te donne de son temps, de ses yeux et de son cœur. »

Quand Samuel me parle, je me sens remplie de courage. J'espère bien ne pas avoir perdu ce qui faisait de moi Lily. Les révélations de mon guide sont si douloureuses qu'elles doivent être vraies. Seule la vérité brûle de cette façon.

Après l'étrange révélation de Samuel. Je suis restée seule quelques jours, sans l'entendre, comme s'il s'était mis au vert. Une nuit, j'ai senti quelque chose m'aspirer de l'intérieur. À ce moment-là, mon cœur s'est perdu, il a implosé dans ma poitrine. La lave s'est répandue dans tout mon corps et mon cerveau. Pour fuir la douleur, je suis descendu plus profondément en enfer et j'ai trouvé *le puit des lamentations.*

Dans cet endroit, j'ai expérimenté le cocktail enivrant de haine et de colère absolue. Je me

suis laissé dévorer le cœur. Dans des braises où notre humanité disparaît à jamais, j'ai hurlé à en crever. Des mots interdits sont sortis de ma bouche embrasant sur leur passage les souvenirs, la tendresse et l'amour. J'ai maudit Neil de toutes les cellules de mon être. J'ai souhaité qu'il souffre, qu'il rampe lui aussi en enfer, que les flammes lui consument le cœur. J'ai invoqué les démons afin qu'ils ne le laissent plus jamais dormir. Qu'aucune femme n'ait de saveur sous ses lèvres. Que sa soif d'amour ne soit jamais étanchée ! Oui, je l'ai maudit ! J'aurais pu demeurer dans cet endroit tout le reste de ma vie, me laisser ronger par la haine, mais Samuel est venu me trouver. Il a crié à travers les flammes : « Lily, tu t'égares ! L'enfer se nourrit de toi ! Sors de là !
— Je ne vais jamais m'en sortir n'est-ce pas ? Il ne reste plus rien de lumineux et magique en moi !
— Aie confiance en moi. Suis mes pas... »

Sa lumière était douce, légèrement bleutée... Je ne sais pas pourquoi, mais j'ai écouté sa voix et je l'ai suivie, assez honteuse, vidée de toute humanité. Fatiguée et l'âme définitivement en charpie, j'ai senti son regard me réchauffer tendrement. J'ai marché longtemps. Descendre est bien plus facile que remonter.

Quand on prend la terrible décision de ne plus vouloir poursuivre une relation amoureuse, on dit que son partenaire a la « rage », on lui invente ou l'on grossit ses torts. Et nous voilà en train de le balancer du haut d'une falaise ou de lui maintenir la tête sous l'eau sans aucun émoi. C'est une forme de lâcheté. La vérité est trop difficile à avouer.

Neil a choisi de me noyer. Dès cet instant, il a noté scrupuleusement, amplifié et déformé ce que je suis. Pour finir, il a provoqué mes célèbres colères de plus en plus souvent, il m'a poussée à bout et ne m'a plus aimée. Voilà, c'est aussi simple que cela d'enterrer ses sentiments pour quelqu'un. Faites l'expérience avec une personne que vous appréciez ! Vous verrez très vite qu'elle vous apparaîtra comme enragée et que la seule solution sera de l'abattre !

Samuel adore se moquer de moi, surtout quand il sait qu'il me l'avait dit :
« Encore une fois, je savais qu'il se tramait quelque chose, mais tu ne m'as pas écouté. Chaque fois qu'il revenait d'un déplacement, il était froid et distant. Toi, comme toujours tu ne disais rien. C'était un énorme signe, Lily ! D'autres femmes lui ont bouleversé le cœur. Un homme amoureux qui rentre d'un voyage est heureux de retrouver celle qui partage sa vie, il ne lui tourne pas le dos ! J'espère juste que son karma lui accordera un jour le plaisir délicieux d'être celui qui attend, celui qui aime sans condition ni jugement. Et qu'ainsi, quand il tombera de la falaise, il se souviendra peut-être ce qu'il t'a fait endurer.

— Je ne te savais pas revanchard, Samuel ? Ce n'est pas très professionnel ça ! Surtout quand tu repêches quelqu'un qui, du puits des enfers, a maudit Neil dans tous les sens. Je pense que si mes malédictions sont exaucées, il aura plus que ce qu'il mérite !
— Je t'ai ramenée à temps. Ta lumière a bien failli s'éteindre là-bas. Dans cet endroit, les âmes meurent. J'y suis passé moi aussi. Mais ce n'est pas Circé que j'ai maudite, c'est moi.
— Circé ?
— Mon âme jumelle.
— Quel prénom magnifique !
— Oui, celui d'une déesse ! C'était une femme forte qui avait certains dons. Elle a marché dans mon cœur, accompagné mon âme, bercé mes rêves. Et un jour, quelque chose a déraillé dans ma tête. Après tout, nous ne sommes que des humains. Je me suis perdu dans les abîmes et j'ai déversé ma bile dans cet endroit moi aussi. »

Un cœur qui se brise, c'est à la fois extrêmement douloureux et irréversible. J'aurais préféré déposer mes souffrances dans un endroit sûr où il ne pourrait plus me faire de mal. Mais dans la vraie vie, cette option n'existe pas. Le mien a explosé, des parties infimes se sont envolées aux quatre coins de mon âme, comme si celle-ci était aussi vaste que l'univers. Les récupérer dans leur ensemble me semblait utopique. Et même, si j'avais retrouvé tous les éclats, je n'aurais pas su les faire tenir ensemble. Mon pauvre tambour ne serait jamais plus le même. Chaque battement gardera la trace du fragment qui lui manque. On le sentira gémir sans pouvoir le réparer.

Le corps physique, l'âme et le cœur communiquent avec intensité chez moi. La douleur était insupportable, je pense que mon supplice était au moins égal à l'amour que je vouais à Neil. Ainsi, j'ai eu à cet instant précis la preuve que mes sentiments étaient sincères et purs, il n'y a pas plus dangereux. Les jours, les mois et deux années sont passés, il n'est pas revenu, amoureusement j'entends.

Je suis de cette espèce qui traîne son squelette à nu dans les abysses. Face à un tel constat, j'ai questionné mon guide :
« On peut vivre le cœur brisé, Samuel ?
— Oui, bien entendu. On peut aussi le soigner et aimer à nouveau !
— Je ne suis pas sûre de vouloir retenter l'expérience, j'ai l'impression que je préfère continuer de me noyer dans ce vieux chagrin, plutôt que de voir mon pauvre cœur être piétiné et balancé du

haut d'une autre falaise. D'ailleurs, regarde ma folie ! Je l'ai attendu, alors même qu'il m'a rabâché qu'il n'y avait aucune chance que l'on se remette ensemble, même lorsqu'il m'a avoué avoir couché avec d'autres femmes. Quand je tente un peu de recul sur tout ça, je me dis que je suis vouée à être traitée par électrochoc !
— C'est certain ! Si je le pouvais, je t'enverrais un petit coup de deux cent vingt volts dans les veines ! Je me répète, Lily, mais Neil n'est pas digne du mal que tu t'infliges. Regarde avec quelle facilité, il t'a mise au passé. Tu es l'une parmi tant d'autres maintenant. Tu sais, je ne dis pas que tu dois faire la même chose. Accumuler les conquêtes n'est qu'une fuite de plus. Cet homme s'enfuit à travers des aventures sans avenir. Il est préférable que tu prennes ton temps pour grandir et refermer tes plaies. Centre-toi. Aligne ton armée et fais-la marcher au pas.
— De quoi parles-tu ?
— Je pense entre autres choses à ta féminité, ta créativité, ta force animale, ta générosité, ton in-

telligence et ton merveilleux sourire. Sans oublier cette étonnante et précieuse sensibilité d'enfant. Tes soldats doivent œuvrer ensemble dans la même direction : la tienne.

— C'est ça la voie ? Se retrouver seul ?

— Non, la bonne chose à faire, c'est de réussir à être complet, ne plus avoir besoin que quelqu'un t'aime pour exister, c'est le meilleur moyen de vivre un véritable amour avec une autre personne. Sinon, on entre dans une valse malsaine de dépendance affective. Aime-toi. Le reste viendra.

— Circé a également brisé ton cœur ?

— D'une certaine façon. Mais je t'en parlerai dans un autre temps, car, pour le moment, c'est ton chemin, ton épreuve.

— Je n'ai rien d'une guerrière.

— Au contraire, si dans cette vie, tu crois être faible et sans ressources, tu dois aller chercher dans l'une de tes vies passées, celle dont tu as besoin pour t'en sortir.

— C'est beaucoup pour moi, Samuel ! De quoi parles-tu ?

— Je viens tout juste de faire pour toi une partie du chemin. Cette femme du passé se réveillera en toi en temps voulu. »

J'ai réellement cru que mon guide avait perdu la tête avec son histoire de vies antérieures. Mais la nuit qui a suivi, un chemin onirique s'est ouvert, je me suis retrouvée dans une cour pavée de pierres grises. Des cibles rondes en paille étaient disposées devant moi. J'étais seule. Dans la main gauche, je tenais un arc immense. Dans la droite, une flèche en bambou. Je l'ai posée sur ma main gauche à droite de l'arc, et j'ai commencé à le bander en essayant de garder une posture impeccable. Les deux épaules alignées avec l'horizon. J'ai senti mon regard toucher la cible et se perdre au-delà. Un délicat parfum d'amande embaumait la flèche. Je me suis mise à respirer calmement. Le centre de la cible m'apparaissait étrangement plus lumineux, sa circonférence s'est élargie, et j'ai perçu en son cœur un espace infini, baigné d'une belle lueur jaune orangé. Dans mon ventre j'ai senti grandir un fleuve d'énergie extrêmement puissant. Puis, sans que j'en sois tout à fait consciente, toutes les digues en moi se sont brisées en un quart de seconde. Ce n'est pas moi qui ai décidé de lâcher la flèche, c'est tout l'univers. Elle a fendu l'air et l'espace, traversé la cible en son centre précis et a disparu au-delà. L'arc a basculé légèrement en avant, et je suis restée immobile, toujours droite et tendue vers la lumière. Le souffle calme et apaisé. Cet instant, presque surnaturel, m'a remplie d'une force nouvelle. Je n'ai jamais éprouvé autant de sérénité et de détermination qu'à cet instant précis.

La voix de Samuel a résonné en moi :

« Cette amazone, c'est toi. Dans une autre de tes vies. Il faut te nourrir d'elle, de son expérience. Garde le front haut, regarde loin devant toi, et nourris-toi de sa patience. »

Malgré la force que j'ai entrevue dans mon rêve. La réalité est lourde, et je n'ai pas pu empêcher que Neil me fasse du mal, car il ne réfléchit pas avant de parler. Je pense que d'une certaine manière, il a arrosé ma cristallisation et l'a fait grandir. Un jour, il m'a avoué son coup de foudre pour une autre femme. Je sentais des ciseaux acérés s'enfoncer au plus profond de moi, attisant sur leur passage ma jalousie, les dernières cendres de notre amour. Neil n'a pas réfléchi aux dégâts, sans doute parce qu'il pensait que comme lui, j'étais

« passée à autre chose ». Je déteste cette expression. On dirait qu'une relation amoureuse qui a duré plus de dix-sept ans peut être interchangeable aussi facilement qu'un pull, une voiture, un appartement. Que, du jour au lendemain, celui qui était mon phare dans la nuit puisse n'être plus rien pour moi, et que je choisisse ainsi dans cet immense centre commercial de l'humain, un autre compagnon. « Tiens, celui-ci me semble bien. Hop, allons flirter-baiser avec lui pour voir ! » C'est en écrivant cette petite réplique, que je réalise à quel point mon « coeur d'artichaut » me prive d'une belle vie d'insouciance. Je suis incapable de « flirter-baiser pour voir », la confiance et l'amour qu'il me faut accorder au partenaire pour en arriver à cette intimité sont assez importants et me gardent à l'écart de toute socialisation amoureuse de masse. Par contre, il me permet d'expérimenter des sensations qui vont bien au-delà de ce que peuvent ressentir les « poupées de chiffon ». Il me fallait bien un avantage !

Alors, évidemment, j'ai tenté de savoir qui

était cette femme, j'ai lutté contre le besoin de comprendre pourquoi elle et plus moi. Était-elle plus belle ? Plus jeune ? Plus mince ? Plus drôle ? Pour en arriver à la conclusion douloureuse que cette femme avait le plus grand des avantages : elle n'était pas moi. Elle n'était pas cette plante dévorante et piquante, cette créature à deux têtes, ce gouffre émotionnel, cette fontaine amère, cette louve déchaînée, cette danseuse du feu infernale. Que n'aurais-je pas donné pour ne plus être moi ? À nouveau, je sentais *le puits des lamentations* m'attirer, au fur et à mesure que la noirceur grandissait en moi.

    À cet instant précis, je me détestais plus que jamais. La personne qui se reflétait dans le miroir à cet instant était un monstre et je ne pouvais pas me le pardonner. Samuel se mettait en colère de me voir me dévaloriser ainsi. Mais je n'arrivais pas à faire différemment. Tous les soirs, je pleurais, et il refermait ses bras imaginaires sur moi comme une mère bercerait son enfant :
« Courage, ma belle, continue d'avancer, ne te re-

tourne pas sur lui. Ne regarde pas les autres. Ils ne sont pas toi. Souviens-toi de l'amazone, de l'arc, de la cible et de la force que tu as perçue !
— Je ne peux plus Samuel ! Je voudrais hurler de douleur et disparaître !
— Si, tu le peux, Lily ! Chaque jour est un nouveau pas en avant, une nouvelle porte s'ouvre pour toi, l'occasion de renaître et de changer. Je ne te lâcherai pas la main tant que tu ne seras pas sortie de là ! Mais je veux que tu puises tes forces dans celles de cette amazone qui est venue à toi en rêve. Elle te donnera l'énergie d'avancer et de ne plus jamais t'approcher du *puits des lamentations.* »

Plus Samuel parlait d'elle, plus elle se mettait à bouger en moi. Les jours qui ont suivi, j'ai senti mes bras devenir plus forts, mon regard s'aiguiser, ma voix prendre en autorité. Là, où je me sentais faible et sans défense, je me suis changée en cette femme forte et dure. Elle a pris possession d'une partie de mon corps et de ma tête. Elle est devenue ma muraille extérieure.

Hélas, avec Neil, nous n'en avions pas fini. Je croyais avoir déjà atteint l'abîme, mais il y eut ce jour maudit de décembre, où quelque chose d'incontrôlable s'est réveillé en moi. Ce jour-là, j'ai pu constater combien la colère peut être inventive. Je n'ai jamais dit autant de bêtises de toute ma vie, et Neil n'a jamais été aussi crédule. La rage est l'expression d'une tristesse qui n'a plus de mots pour retenir l'être aimé. À travers les horreurs que j'ai pu dire, c'est un « Je t'aime » qui hurlait son désespoir de ne plus pouvoir le garder près de moi. Je l'ai observé si bien se remettre de nous, si bien vivre sans moi, que cela a réveillé l'animal, cette part sauvage et incontrôlable, ultime rempart de la dignité.

Et puis, l'histoire est partie en cacahuète. Un mot, un cri, et tout l'univers s'est retrouvé chamboulé. Neil n'était plus Neil et moi, je n'étais plus moi. J'étais en colère, les pensées se bousculaient dans mon cerveau, la pression était trop importante. Et puis, soudain, celui que j'aimais plus que moi-même est entré dans une rage animale. La première chose qu'il a trouvée devant lui, il l'a projetée dans ma direction. Une table s'est envolée, et c'est en effet sur moi qu'elle est tombée, pulvérisant au passage tout notre amour, toute notre vie, sa douceur, sa patience, son parfum, nos rires, nos joies, nos mains enlacées... Tout. Le silence a tout envahi, c'était l'écrasante force de son désamour.

La souffrance était telle, que mon âme est restée prostrée dans un coin sombre. La douleur a tout envahi, toute ma tête, mes pensées, mes fibres, le sang dans mon cerveau. Comme si la forteresse de mon corps avait subi l'attaque la plus importante de toute mon existence.

Cette table a percuté ma cuisse sans rencontrer aucune résistance. Elle s'est incrustée en moi. Je suis tombée à genoux. Complètement terrassée ! La coïncidence entre rupture psychologique et accident physique est assez rare. Moi, j'ai dû traverser cela aussi. À cet instant, j'ai entendu une autre voix que celle de Samuel m'ordonner : « Relève-toi ! Ton adversaire ne doit pas l'emporter ! » Alors, je me suis mise debout, comme je le pouvais, j'ai rangé ce qui avait été renversé. Neil criait encore... Moi je n'entendais plus rien. Seulement cette voix qui me disait de ranger le désordre. Puis, Neil a arrêté de crier et il est parti, me laissant en tête à tête avec mon corps meurtri.

Il m'aura fallu près de trois semaines, pour que je retrouve l'usage de ma jambe. Aujourd'hui, la trace de cette table est toujours imprimée en noir sur blanc sur ma cuisse. Je ne suis pas sûre qu'il ait sincèrement souhaité me faire du mal, mais le résultat est là : il ne m'a pas relevée, il ne m'a pas touchée et ne s'est pas excusé. Dans son esprit, et sans doute dans celui de bien des hommes, je l'avais bien mérité. Et je ne pouvais donc désigner personne comme coupable de mon infortune.

Ce qui est tristement amusant, c'est que lorsqu'on me demandait ce qu'il m'était arrivé — car bien entendu, j'ai marché avec une béquille pendant deux semaines —, j'ai imaginé l'excuse qui me semblait la plus probable pour cacher mon accident de couple : « Je suis tombée dans l'escalier », cette excuse que toutes les femmes battues donnent. La même ! Ce foutu escalier, coupable de tant de bleus, tant de cœurs brisés.

Quand je souffre de Neil, je passe ma main sur cette zone désertique pour me souvenir qu'ensemble nous fûmes capables de tout. De nous aimer et de nous détruire. Cette partie de mon corps ne m'appartient plus.

Ce jour-là, Samuel serait bien sorti de mon corps. J'ai ressenti sa colère ! J'ai eu même ses mots dans ma bouche :

« Regarde ! Vois ce qu'il a fait ! Non ! Rien ne justifie son acte ! Rien ! Tu n'es pas responsable de sa violence ! C'est un sale type ! »

Samuel ne l'avait pas anticipé non plus celle-là. J'ai passé quelques jours sans entendre sa voix. Je me sentais si seule. Je venais de rentrer de plein fouet dans un fait divers. J'étais vivante, j'aurais pu ne plus l'être. Cette table aurait pu me tuer. Pendant des mois, je me suis sentie faible, fragile comme si le vent pouvait balayer ce que j'étais. Je pleurais, dès je me retrouvais seule avec ce corps déformé. J'ai versé des larmes pour cette Lily qui ne vaut même pas le respect que l'on accorde à un autre humain. Je me suis sentie inférieure, minuscule, diminuée, et tout ça par les mains de l'homme que j'ai aimé.

L'amazone m'a aidée à ne pas m'effondrer, à attendre que la blessure ne me fasse plus mal. Elle m'a ordonné de serrer les dents et de regarder droit devant moi. De marcher la tête haute et de considérer cette blessure comme une force et non comme une faiblesse. Et puis, un jour, Samuel est revenu :

« Comment vas-tu ?

— Je suis heureuse de t'entendre à nouveau !

— Je suis rentré dans une telle rage contre ce moins que rien que j'ai perdu ma connexion et le don de t'aider. Je me suis égaré moi aussi. J'ai cru ne jamais pouvoir revoir ta lumière.

— Tu m'as retrouvée, et j'en suis heureuse !

— Ce n'a pas été facile. Tu as failli t'éteindre tant de fois, mais sache que je compte bien te faire passer la ligne d'arrivée ! Je ne te laisse plus jusqu'au bout !

— Je la franchirai en boitant cette fois...

— Sur une jambe, ou en rampant, qu'importe ! Nous la passerons la porte des enfers et lorsque tu seras dehors, plus personne ne pourra te repousser dans cet abîme ! Je t'en fais la promesse. »

Après la colère, la tristesse et la résignation, j'ai bien dû me résoudre à la terrible réalité. Il m'aura fallu deux ans pour comprendre que jamais plus je ne dormirai sur son cœur. Je suis lente, mais je fais des progrès Samuel ! *« Un pas après l'autre, peine après peine, l'enfer, lui aussi, a une fin. Quand tu auras fini ton voyage, tu me trouveras de l'autre côté. »* Dès le début de mon enfer, je savais que je ne l'implorerais pas, que je ne tenterais rien pour regagner son amour et l'inciter à revenir vers moi. Je souhaitais juste que la distance lui permette de me voir telle que j'étais avant. Mais non, ce n'est que dans les films ces choses-là... Un matin très tôt, je me suis lancée, j'ai rédigé un SMS d'adieu et je l'ai envoyé.

*« Je suis idiote Neil, je t'ai attendu sans comprendre que tu ne reviendrais pas. Je t'ai aimé, je te souhaite de trouver l'amour que tu mérites.*

*Lily »*

Me voici face à toute ma vie. Au vide. Neil et moi, c'est terminé. Et l'on ne peut continuer sûrement que lorsqu'on referme les portes soi-même. Samuel bougonne dans son coin. « Tu lui souhaites d'être heureux ? Après tout ça ?

— Oui, d'une certaine manière. Comme tu l'as dit toi-même, je suis une louve. Même blessée, j'ai toujours cette loyauté en moi.

— Il ne le mérite pas !

— Peut-être, mais je devais lui dire la vérité pour finir cette histoire. La bienveillance et la générosité font partie de moi.

— Il t'a quand même envoyé une table ! Les hommes qui font cela ne s'arrêtent pas, ils ont la possibilité de recommencer.

— Un geste ne peut pas tout remettre en question !

— Chaque acte compte, surtout quand il menace ta vie. Il ne t'a même pas relevée ! Il n'a éprouvé aucun remords ! Quel être humain est capable de ça ? Moi, je ne lui pardonne pas son geste ! Et comme toi, je lui souhaite d'avoir ce qu'il mérite !

— Tu as sans doute raison, Samuel. Mais je n'arrive pas à faire mieux. Je sens au fond de moi que c'est ainsi que je dois procéder. La haine et la colère ne m'apporteront pas le bonheur.

— Décidément, tu es bien plus sage que moi. »

J'ai posté ce message, et j'ai commencé à me nourrir de cette lumière qui transperce les abysses. Mon corps est devenu un peu plus léger.

Hélas, ce SMS ne fut pas le dernier acte de notre histoire. Neil a sans doute senti que je m'échappais, que j'avais pris le dessus. Je ne sais pas pourquoi, il est revenu me voir. Son visage était sombre. Il avait l'air calme et déterminé. Il m'a saisie brutalement par le bras. Cela faisait des mois que j'espérais qu'il me touche, qu'il me serre contre lui, mais ce soir-là, ce n'était pas tendre, c'était violent. Et tout en me comprimant le bras, il commença à me hurler les pires choses me concernant : des paroles blessantes nourries par plus de dix-sept années de vie commune, des mots atroces, injustes, indignes de lui, de nous. Ce n'étaient pas des coups physiques cette fois, mais des déflagrations psychologiques ! Voilà l'un des meilleurs remèdes à la cristallisation : la cruauté, l'infamie. Mon cerveau, certainement mal branché, certes éperdument amoureux a bien compris le message. Je me suis sentie désorientée, dévastée, déchirée, écartelée, le cœur saignant, l'enfer m'a aspirée à nouveau, je ne suis pas repassée par la case départ, j'ai pris un aller sans retour vers la prison, et j'ai perdu mon tour.

Aucune blessure n'aurait pu me faire vieillir plus vite. Mes larmes ont nettoyé les dernières cendres de l'emprise. Il ne sera plus jamais l'élu, le soleil de ma vie, celui qui valait mieux que moi. Neil était capable de faire du mal sans aucun scrupule, sans aucune raison. Il a utilisé avec habileté et sadisme toutes mes faiblesses les plus intimes pour en forger des poignards et me les enfoncer dans le corps. Puis, il a arrosé de napalm ce qui restait de chair et l'a regardé se consumer sans cil-

ler. Je ne sais plus ce qui a déclenché cette dispute. Sincèrement, je ne sais plus...
« Voilà, Samuel, je flambe en enfer !
— Lily, puisses-tu trouver dans les flammes de quoi reprendre vie. »

C'est là, brûlant de fièvre, que je suis revenue devant cette cible en paille. Moi l'amazone, la main gauche tenant l'arc, la droite la flèche. J'ai tendu tout mon corps pour qu'il soit l'expression la plus sincère de moi-même. J'ai à nouveau vu le cœur de la cible s'ouvrir, devenir lumineux, et j'ai décoché ma flèche. Elle est partie avec une force incroyable, emportant avec elle la pesanteur de tout mon corps. À cet instant, au moment où l'arc bascule en avant, et que mon regard est toujours concentré sur la cible, j'ai compris. Dans cet acte cruel, irréversible, Neil m'a simplement dit : « Tu n'es pas la seule à souffrir, regarde ce que je dois te faire, pour que tu sortes de ma vie ! Regarde, qui je dois devenir pour me défaire de toi. » À cet instant, la voix de l'amazone a prononcé calmement ces mots :

« *Je ne t'aime plus.* »

Ces mots me firent un bien fou. L'enfer a bien une entrée et une sortie. Ce ne sont pas les mêmes. Celle qui vous permet de partir est celle qui vous libère des chaînes que vous avez offertes aux autres. Votre visage est alors enfin éclairé par un chaleureux rayon de soleil, la lumière que vous avez vous-même créée. Samuel m'attendait comme prévu de l'autre côté. Il m'a pris la main et m'a aidée à faire les quelques pas qui me ramènent à la réalité. Le regard plein de générosité, de sa voix douce, il m'a demandé :
« Comment te sens-tu ?
— Comme un enfant qui découvre qu'il peut se tenir debout tout seul.
— Tu ressembles à Circé ! Tu renais après chaque coup, après chaque mort tu es plus belle et plus forte encore.
— C'est gentil, Samuel.
— Tu viens à nouveau de passer une porte, mais ce n'est pas fini. »
Samuel m'a bercée quelques instants, puis comme

il ne sait pas se retenir, il a tenté de me faire rire en imaginant une nouvelle petite annonce pour Neil :

*« Cède pour les pièces, ce qu'il reste d'un être humain. Incapable d'amour ou de respect, il pourrait sans doute servir de géniteur. Mais n'en attendez rien de plus. »*

Je dois avouer que celle-ci m'a fait sourire. J'ai en effet compris la misère de celui que j'avais laissé me blesser.

« Pour grandir, il faut se faire une raison sur pas mal de choses. Le père Noël n'existe pas, le prince charmant non plus. Dans ton cas, tu dois faire face à la vérité et t'y conformer : en effet, Neil ne t'aime plus, car lorsqu'on tient à une personne, on ne lui fait pas endurer l'enfer d'une telle noyade. Quand on estime l'autre, on donnerait sa vie, son cœur pour qu'il soit heureux et qu'il réussisse à réaliser ses rêves. On ne fait pas tout pour lui maintenir la tête sous l'eau, simplement pour qu'il cesse d'exister et qu'enfin on en soit débarrassé. Lorsqu'on aime, on met en valeur les plus belles qualités de l'autre et l'on cajole ses défauts. On ne se sert pas de ses faiblesses pour l'anéantir.

— Tu as raison, Samuel. Je vois plus clair à présent.

— Et toi, qu'as-tu trouvé en traversant l'enfer ?

— Moi, j'ai mérité mes ténèbres. Personne ne m'y a projeté comme toi. J'ai trahi Circé. Je me suis tiré une balle dans le coeur. Du coup, je n'ai pas cherché à gagner quelque chose. Je suis demeuré ce que je suis : un clairvoyant cynique irrévérencieux et égoïste. Et puis, j'ai vu scintiller quelque chose dans la nuit : Toi. Tu es ma chance d'un nouveau salut.

— Une lumière ? Je me sens comme un tas d'os qu'il faudrait assembler et remettre droit.

— Tu es brisée et sans chair, mais tu brilles encore !

— C'est ta manière de me réconforter ?

— Je te donne juste un aperçu des dégâts. C'est la grande leçon que l'enfer t'a réservée : ne mets pas tout ton cœur entre les mains d'un être qui se nourrit de la lumière des autres. N'offre pas à quelqu'un ce que tu ne t'es pas d'abord accordé à toi-même. Aime-toi de tout ton cœur, aime les gens pour ce qu'ils sont, sans désirer les changer. Quand ils partent, laisse-les partir. Ainsi les gens pourront parler, ils pourront t'aimer et te quitter sans que rien en toi ne s'effondre. Ton cœur, ton corps et ton âme doivent devenir un temple sûr et rassurant dans lequel tu viendras te reposer. »

En astrophysique, un trou noir est un objet céleste, une étoile si compacte que l'intensité de son champ gravitationnel empêche toute forme de matière ou de rayonnement de s'en échapper. On dit alors que l'astre s'effondre sur lui-même. J'étais une étoile dans le ciel, et la masse de ma douleur a provoqué un éclatement de mon cœur et de mon corps, c'est ainsi que je me suis transformée en trou noir, aspirant chaque parcelle de vie, de souvenirs pour nourrir ma noirceur. Dans ma vitesse gravitationnelle, j'ai rompu tous les liens qui subsistaient avec mes geôliers : tous ceux pour qui je vouais une adoration sans fin et qui m'ont piétinée. Et tous ceux que j'ai considérés comme ma famille, mes refuges, mais qui à aucun moment ne l'ont été. J'ai cessé de vouloir leur parler, j'ai arrêté de me battre pour qu'ils m'entendent, me comprennent. J'ai fait silence. Celui qui ne parle pas ne peut être détruit.

Commence alors un nouvel état de vie, où l'on trouve tout le monde laid, puis beau. Tout et rien alternent comme emportés dans une spirale démoniaque.

Samuel m'a laissée voyager dans cet état, m'y perdre sans jamais intervenir. Je suis devenue une comète rebelle. Je devais vivre et autoriser le deuil à se faire. Tous les soirs, il revenait vers moi et me posait la même question :
« Ça va, ma belle ? », et chaque fois, je répondais : « Ça va… »

Il n'y a pas de mensonge plus énorme que ce « Ça va ». C'est un « non » qui hurle en silence. Une fois dans ma vie, j'aimerais dire la vérité : « Non, ça ne va pas ! Je voudrais crier à m'en déchirer les cordes vocales ! Me laisser tomber au sol, attraper une bonne vieille dépression, comme tout le monde. Mais non, rien à faire, je n'ai pas cédé un pouce. Samuel et l'amazone ne me l'auraient pas permis. Je me suis relevée chaque matin, j'ai serré les dents et j'ai continué d'avancer. Je sentais Samuel sourire en me disant : « Tu me fais penser à Circé. Elle avait un mental en acier trempé comme toi. Vous êtes plus forte que je ne le serai jamais.

— Est-ce que tu as fait autant de mal à Circé que Neil a pu me faire ?

— Je ne sais pas. Mais je lui ai quand même bien brisé le cœur.

— Je ne comprends pas, si tu savais qu'elle était ton âme jumelle, pourquoi lui avoir fait du mal ?

— J'ai voulu mettre à l'épreuve ce qui nous liait. Me prouver que je n'avais pas besoin d'elle. Je l'ai repoussée et je suis allé voir ailleurs. Je ne suis pas un mec bien. J'ai mérité l'ensemble de mon châtiment.

— Je ne suis pas d'accord. Tu m'aides énormément, et puis les erreurs font partie de la vie. Souvent, le plus difficile c'est de demander pardon.
— Mon seul but aujourd'hui, c'est de te sortir de là quoi qu'il m'en coûte !
— Ne suis-je pas déjà dehors ?
— Pas encore. Tu vas devoir affronter des peurs plus profondes, des démons que tu as toi-même créés. »

« De quoi as-tu peur ?
— Tu rigoles là ? Tu me demandes de quoi j'ai peur. J'ai peur de donner mon cœur, et de le voir se faire piétiner par un gros lourdaud, un menteur ou un manipulateur ! Qu'on me rejette, m'abandonne, qu'on me trompe, qu'on me frappe, qu'on m'humilie et, pour finir, qu'on m'oublie comme si je n'avais rien été.
— Tous les hommes ne sont pas Neil ! Et si tu offrais les clés de ton cœur à une personne digne de t'aimer ?

— Qui donc ?
— Toi.
— Je devrais vivre une histoire d'amour avec moi-même ?
— C'est ça ! C'est la meilleure chose à faire pour soi et pour les autres. Et sache que je l'ai moi-même éprouvé. Lorsque j'étais vivant, j'étais un homme qui voulait plus que tout être aimé. Mais, celui que je voyais tous les jours dans le miroir, ce type, je le détestais. Du coup, en société, je faisais le charmeur de serpent. Dès qu'une femme entrait dans mon piège, je lui demandais de combler tout l'amour que je ne pouvais me donner. Je devenais un tyran, je n'étais jamais rassasié, car rien ne suffisait pour remplir la béance de mon être. Si tu savais combien de femmes j'ai épuisées avant de comprendre ce que je faisais.
— Est-ce que tu as découvert une piste pour réussir à t'aimer ?
— Oui, en quelque sorte. J'ai commencé par me pardonner et je me suis mis à aider les autres. Dans la solitude, on apprend à connaître ses

failles, mais aussi ses qualités insoupçonnées. J'ai quand même été rongé par le cancer, je l'ai vécu comme une transformation et non comme une épreuve négative. J'ai commencé à m'aimer petit à petit. Plus le crabe me dévorait, plus j'aimais ce qui restait. Si tu y arrives, tu verras que tu seras moins effrayée par une nouvelle relation.

— Comment dois-je procéder ? Regarde le chantier qu'il a laissé !

— En effet, un grand ménage s'impose. Tu dois changer ta manière de percevoir le monde. Et, surtout, tu dois reconstruire l'image que tu as de toi, car, c'est cela que ce nigaud a flanqué par terre ! Tu t'imagines encore avec ses yeux. Sans valeur, sombre... Sa lumière artificielle t'a trompée pendant si longtemps que tu n'as pas vu l'éclat naturel de ton âme. Neil a vu cette lumière, c'est pour ça qu'il a été attiré au début de votre relation. Après, son ego a voulu scintiller plus fort, et il t'a volé un peu de ton rayonnement de vie pour nourrir le sien. Jusqu'au jour où tu n'as plus du tout brillé. Tu as même supposé que tu étais un trou noir ! Mais c'était lui, car il a tout pris sans discernement, obnubilé qu'il était par sa propre image, sa fameuse destinée et sa précieuse vie.

— C'était mon roi !

— Je sais, Lily. J'étais le roi de quelqu'un, moi aussi. Et j'ai tout piétiné en pensant que je valais mieux qu'elle... Je suis désolé, je ne devrais pas te parler de moi, cela interfère avec ta propre histoire.

— Non ! Ton chemin peut m'aider.

— Nous ne sommes pas identiques. Je sens que pour toi des bras aimants viendront habiller ton âme.

— Tes mots me font du bien. J'ai presque envie d'y croire.

— Repose-toi à présent. Préserver ses forces, cela fait aussi partie du chemin. »

Un soir, en traînant mes os délavés entre rêves et cauchemars, je suis entrée dans la forêt de l'âme. Là, dans l'humus frais, je me suis couchée. J'étais brisée, mais toujours en vie. Cette flammèche d'énergie en moi m'a tenue chaud. Quand j'ai levé la tête, au-dessus des arbres, et derrière les nuages cotonneux, était postée la lune, belle et généreuse. J'ai senti qu'il fallait que je me confesse, au début, j'ai chuchoté, puis je me suis mise à hurler. Au loin, des loups m'ont répondu. Nos chants se sont confondus, comme si nous faisions partie d'un seul et même corps. Soudain, la peau de tout mon corps a commencé à me démanger. Des poils ont poussé. Mes jambes se sont transformées en pattes fortes et rapides. Ma vision s'est élargie. Je voyais et sentais en même temps. Mon cœur s'est mis à battre plus vite, plus fort. J'ai marché dans les feuilles mortes et les fougères fines. Je me suis frottée aux grands châtaigniers. J'ai creusé la terre, mangé ce que j'y trouvais. J'ai senti la forêt vibrer sous mon poids et mon cœur battre à l'unisson de tous les animaux de l'âme. Lorsque j'ai vu mon reflet dans une flaque de pluie, j'y ai reconnu le visage rond et les petites oreilles d'un ours. Là, je me suis rendu compte que mon chagrin n'était qu'une illusion. Je souffrais de quelque chose que j'avais moi-même imaginé. C'est sur cette vérité que j'ai ressenti une légère vibration me parcourir tout le corps. La sensation que j'ai éprouvée en me réveillant était comme celle d'un oiseau qui se pose sur la terre après avoir fait un long voyage. J'étais légère et forte d'une flamme connectée à l'univers.

Après ce rêve d'ours, j'ai passé quelques jours la poitrine étrangement apaisée. Puis, un matin, entre rêve et réalité, j'ai entrevu un espoir. Il était là, me caressant la main tendrement. Mes entrailles le savaient intuitivement, c'était l'homme fait pour mes bras. Nos cœurs riaient ensemble, et nos yeux se parlaient avec sincérité. Dans son regard vert forêt, je me sentais magique, et il l'était aussi pour moi. Rien qu'un frôlement de sa peau me faisait vibrer tel un violoncelle humain. Son visage était pour moi le plus lumineux de la pièce. Nos âmes se reflétaient parfaitement. Je me sentais en confiance, comme je ne l'avais jamais été. C'était lui, et non un autre. J'ai senti un sourire tendre se dessiner sur mes lèvres. J'avais presque oublié que l'on pouvait sourire comme ça. Je n'avais plus peur que l'on me touche, j'ai laissé ses bras s'enrouler autour de moi. J'étais vivante et je me sentais belle et forte. Il a déposé un baiser sur ma bouche tendrement. Sa présence était rassurante et bienveillante, rien à voir avec l'ombre que Neil projetait sur moi.

Et puis, je me suis réveillée avec cette douce joie dans le cœur. C'est sûrement ça l'amour : cette présence lumineuse et chaleureuse à mes côtés, cette caresse sur la joue et ce rire au coin des yeux.

« Oui, je le pense aussi, Lily. Tu as eu la chance de voir une paillette de ton avenir. Tu dois recommencer à briller plus fort. Soigner tes blessures et respirer calmement. Ouvre-toi aux autres. Fais un pas vers eux. Tu ne dois pas craindre l'échec. Il faut prendre le risque de sauter dans les flaques d'eau, de se mouiller un peu pour quelque chose qui nous tient à coeur. Éprouve la joie d'essayer !

— Que dois-je faire ?

— Cesser de fuir la peur, dans ton passé ou dans ton avenir. Essaye de respirer, médite, assouplis tes limites. Fais ce qui te donne de la joie, cajole ton enfant intérieur, offre-lui des fleurs !

— Rien que ça ! On dirait le menu d'un restaurant de développement personnel ?

— Dans un sens, ça l'est. Mais, on ne va pas réinventer l'eau chaude. Le principe de base, c'est de retrouver la joie, gérer les obstacles, et le reste viendra naturellement. Et puis, il faut aussi que tu apprennes à ne pas attendre que l'autre fasse ce que tu veux. Laisse-le être lui-même et soyez heureux et libres ! Aime-toi ! Retrouve cette Lily joyeuse et drôle que j'aime tant ! Fais un acte de magie ! Donne la vie à quelque chose !

— Vaste programme ! »

J'ai erré dans mon appartement en regardant ce que je pourrais faire pour retrouver la trace de Lily. J'ai parcouru mes journaux, des carnets aux couleurs vives dans lesquels je consigne jour après jour l'état de mon cœur et de mon âme. J'ai commencé par faire le tri de ce qui n'était pas moi, j'ai aussi mis de côté ce qui pourrait être pris pour des larmoiements ridicules. En relisant ces petits cailloux laissés sur du papier, il m'est alors venu l'envie d'écrire. Et si mon acte de magie était celui de raconter mon histoire pour qu'elle vive hors de moi et qu'elle aide ceux et celles qui à un moment de leur vie se retrouvent comme moi dans l'obscurité.

J'ai démarré sur une page blanche : tout d'abord le titre. Il s'est imposé au bout de quelques jours de recherche. Notre premier restaurant en amoureux, le « Bleu de toi ». À cette époque-là, je me sentais légère et comblée de comètes pour lui. Et à la fin de notre histoire, j'étais « Bleue de lui », portant la marque de son désamour sur mon corps.

Ainsi, j'ai commencé à vider ma tête, mon cœur et mon âme sur un écran vierge. C'était mon œuvre au noir. Comme un apprenti alchimiste, j'ai successivement fait passer mon travail du noir, au blanc, et au rouge pour accomplir la transmutation du plomb en or et enfin obtenir la précieuse pierre philosophale. Les mots ont jailli, bruts et sans forme, doux et brûlants à la fois et dans l'exil et l'isolement, j'ai écrit cette histoire. Comme l'expérimentait Marguerite Duras : « La solitude de l'écriture, c'est une solitude sans quoi l'écrit ne se

---

[4] *Écrire*, Marguerite Duras. Gallimard – Folio, 1995, p 14.

produit pas. »[4]

    Il est certain que si à ce moment-là, j'avais été entourée, tous les jours sollicitée à l'extérieur de moi-même, jamais je n'aurais trouvé le courage et l'abnégation de faire ce travail. L'esseulement est l'ingrédient magique qui œuvre au retour sur soi, à la guérison et à la croissance.

    Après quelques recherches, je suis tombée sur une très ancienne légende esquimau qui a fait un écho magique en moi. Samuel m'en avait déjà parlé : *La Femme-squelette*. Le hasard n'existe pas. J'ai commencé par réécrire cette histoire comme pour la faire mienne. J'ai désossé cette femme, l'ai recomposée et aimée. J'ai ainsi appris que du fin fond d'un chagrin une nouvelle femme peut renaître.

    Vous pourrez lire cette histoire à la fin de ce livre, comme un remerciement de votre humble obligée.

La mélodie du cœur, c'est l'embryon de toutes les autres musiques. Il bat en nous, réveille les peurs, les émotions, l'amour, la tendresse, le rire. Je tape sur mon clavier, le doux son des touches qui font naître ce texte exorcise les maux et me redonne vie. Je reprends mon souffle. C'est moi. Bien plus que tout ce que je peux dire ou faire.
« Tu es prête ? me demande Samuel.
— Prête pour quoi ?
— Viens marcher à mes côtés. Fais confiance à tes

sens, ils sont là pour t'indiquer la voie.

— Et si je me trompe quand même ?

— Qu'importe, tu connais le chemin, non ? Et puis les rencontres t'apporteront toujours quelque chose de positif sur ton chemin. Aucune rencontre n'est le fruit du hasard. Je ne t'ai pas trop inondé de citations, mais celle-ci me plaît bien. Elle fut dite ou écrite par un poète du Moyen-Orient, Khalil Gibran : « *Plus profondément le chagrin creusera votre être, plus vous pourrez contenir de joie.* »[5] Si on suit sa logique, tu devrais pouvoir contenir énormément de bonheur !

— C'est beau !

— Cesser d'aimer, de rire, d'être sensible et belle parce que tu es tombé sur un homme de pierre n'est pas la solution, c'est une condamnation. Tu ne dois pas devenir celui que tu rejettes, tu dois t'entêter à être Lily, pour prouver au monde que les belles émotions gagneront toujours ! Tu es toi, ceux qui te repoussent n'ont rien à faire dans ta vie.

— Whaou ! Dis donc, tu es inspiré aujourd'hui !

---

[5] *Le Prophète,* Khalil Gibran, 1923.

— C'est ta beauté qui me touche ! Tu vas troubler un homme digne de te recevoir. »

Dans les pas de Samuel, je réapprends à marcher, respirer et vivre comme il se doit. Avec le respect de mon propre rythme. Il veille sur mes silences, sur les pages qui défilent sous mes yeux. Il me ressource comme si rien ne s'était passé, et finalement, était-ce vraiment si douloureux que Neil s'en aille ? N'était-ce pas tout simplement gravé ainsi dans mon énigmatique livre de vie ? Tout bien considéré, ne devrais-je pas le remercier ? Lui dire merci de m'avoir offert l'occasion de traverser tout cela, de grandir et d'avoir tissé un lien si fort avec Samuel. Je me dois aussi de lui donner mon pardon. La manière n'était pas élégante, il m'a blessée physiquement et moralement, mais la clémence me permettra de gagner encore en lumière. Personne n'est réellement mauvais. Il n'y a que des personnes qui tentent de faire de leur mieux avec ce qu'ils sont ; Neil fera sa route, et je parie qu'elle sera plus longue que la mienne, car lorsqu'on fait du mal aux autres, l'enfer est bien plus féroce avec vous. Moi, j'ai été ma propre victime, c'est en moi que s'est joué le drame, et c'est également moi qui lui ai donné tant de force.

« Ton pardon est touchant. Lance-toi dans la vie pleine de surprises. Respire et vis !

— Je vais suivre ton conseil, Samuel ! »

Après notre dernier échange, Samuel a fait silence quelques jours. Je me suis sentie étrangement bien. Seule avec ce livre qui continue de grandir tel un enfant tendrement attendu. Je ne pensais plus à Neil ni à l'enfer. Puis, une nuit, dans un songe, Samuel est revenu :
« De l'enfer, tu as connu *la cour des regrets*, où l'on revit inlassablement son pire cauchemar, et *le puits des lamentations* où l'on déverse sa rage et son amertume. Mais tu ne connais pas *la forêt des noyés* : l'espace où l'on apprend. Suis-moi… »

Je l'ai suivi les yeux fermés pour une fois. Je me suis retrouvée dans un lieu qu'il me semblait connaître. Une forêt sauvage, des ronces recouvraient les pierres et les arbres. J'étais habillée d'une longue chemise blanche. J'entendais non loin de moi couler une rivière.

« C'est la source de ton âme, me chuchote Samuel. Chacun trouve ici, le cours d'eau qui lui appartient ; cette eau puissante et sombre qui irrigue chaque parcelle de nous. Elle nous colore, fait vibrer chaque être d'une lumière particulière. »

Je me suis rapprochée prudemment. Cet endroit me donnait la chair de poule. Allais-je découvrir mon vrai visage ? Serais-je un monstre ou un ange ? Malgré toutes les belles paroles dont Samuel m'arrose, je ne pouvais me résoudre à oublier les parts d'ombre en moi. Ces recoins de colère et de férocité qui flirtent avec la folie.

Lorsque j'ai atteint la rive, je me suis accroupie un instant, et sans réfléchir, j'ai commencé à entrer dans le fleuve. Une fois mon corps entièrement immergé, j'ai vu la tête d'un animal surgir des profondeurs. Il hurlait de douleur. J'ai nagé de toutes mes forces pour me rapprocher de lui. La rivière s'est teintée de rouge sang. J'ai continué d'avancer vers cet animal en panique. Quand je l'ai rejoint, il se contorsionnait et s'est jeté sur moi pour me mordre. Ses dents se sont enfoncées dans mon bras déclenchant une douleur qui s'est répandue dans tout mon corps jusqu'au cœur. Il n'était pas très grand. Avec mon autre bras, je l'ai ramené vers moi. Il a relâché sa prise. C'était un ourson. Je me suis alors dirigée péniblement vers la rive. À bout de souffle, je me suis hissée avec lui sur le bord. Je l'ai bercé un moment, son cœur battait lourdement dans sa poitrine. Il était recouvert de blessures. Sans trop réfléchir, je l'ai caressé et serré contre moi. Sa présence me faisait beaucoup de bien, comme si j'avais retrouvé une partie de moi-même. Samuel m'avait fait courir dans la forêt de l'âme, j'avais hurlé avec les loups, mais cet animal était le mien. Un ours brun : puissant, solitaire, déterminé et courageux.

    Nous sommes restés ainsi un long moment. Mon corps, contre le sien. Il avait des blessures extérieures, les miennes étaient intérieures. J'ai entendu son ventre crier famine. L'animal me regardait avec détresse. Je l'ai posé délicatement, et je suis allée lui chercher des mûres. Je les lui ai glissés doucement ces fruits bien charnues dans la gueule, et il les a mangés. Puis, il a eu soif, je lui ai donné à boire de l'eau de mon âme. Son corps semblait moins abîmé. Je l'ai caressé, des croûtes de sang étaient collées à ses poils, je les ai retirées avec précaution, car l'animal avait de longues dents bien brillantes et je ne souhaitais pas qu'il me morde à nouveau. Après cette toilette, il s'est assoupi, et moi aussi. Dans mon rêve, des racines se mirent à pousser de son corps fragile. Elles s'enroulaient sur elles-mêmes et couraient le long de la berge, puis, elles ont plongé dans la rivière sombre et se sont profondément enfouies dans la vase lumineuse, elles ont jailli de l'eau et se sont élancées vers le ciel en un magnifique noisetier.

Mais quelque chose n'allait pas. L'arbre semblait se tordre et ne pas pouvoir grandir plus. Je me suis rapprochée, j'ai mis un pied dans l'eau opaque et j'ai vu sur toute l'écorce, un imperceptible fil rouge. Il encerclait totalement le tronc le contraignant de façon sournoise. C'est là que j'ai entendu à nouveau la voix de Samuel :
« Coupe-le ! Coupe les liens qui t'attachent à Neil !
— Quoi ? C'est encore lui ?
— Plus précisément, ce sont les attaches qui te retiennent à lui de manière inconsciente. Tu dois les couper, pour pouvoir grandir ! »

Je savais que je ne devais plus continuer ainsi, j'ai saisi ce lien et j'ai commencé à l'arracher. Le fil m'a lacéré les mains. Mais je n'ai pas reculé devant la douleur, j'ai tiré de toutes mes forces, et les liens se sont déchirés. Ils étaient nombreux, et plus j'en arrachais, plus il y en avait. Je n'ai pas arrêté. J'ai continué de les retirer les mains recouvertes de sang. Et puis, après un temps qui sembla durer une décennie, l'arbre était enfin libre. Il se mit à grandir. Les branches se sont propagées, les feuilles ont poussé d'une douce couleur pourpre. J'avais les mains recouvertes de plaies, mais le spectacle d'un être qui renaît soulageait largement mes blessures.

« C'est beau, n'est-ce pas ? me chuchote Samuel.

— Oui. Je me sens bien. Je n'ai plus cette souffrance étrange qui me serre le cœur.

— C'était des liens d'attachement.

— De l'amour encore ? Je croyais lui avoir déjà dit adieu tant de fois !

— Non, pas du tout. Ces liens sont différents. Ce sont comme des dépendances, une drogue émotionnelle qui te retient à lui et qui le raccroche à toi aussi. C'est ton besoin d'être aimée, tant que ces attaches sont présentes entre vous, ni l'un ni l'autre ne peut grandir. Tu les as arrachées. C'est une étape importante pour toi. Quoi qu'il puisse faire maintenant, cela ne te fera plus de mal. Tu n'as pas besoin qu'il t'aime pour exister. »

Je suis restée un long moment à regarder bruisser les feuilles de ce noisetier. Un sourire aux lèvres. Je n'oublierai jamais cette sensation apaisante de bonheur. Quand je suis revenue vers la forêt, ma robe n'était plus blanche, mais d'un rouge pourpre intense.

Samuel m'a concocté une nouvelle petite annonce sur mesure. J'avoue que celle-ci m'a fait sourire. Je l'aurais bien serré contre moi pour le remercier comme il se doit, car sans son aide précieuse, la route aurait été bien chaotique. La voici :

*« Avis aux cœurs sincères : de retour parmi les vivants, une jeune femme magique qui vous apportera le charme indiscret d'une vie sous les étoiles ! »*

Je suis devenue comme le vent délicat qui nous frôle la nuque, comme la fraîcheur d'une brume, ou le vol léger et insignifiant d'un étourneau en automne. Mais quelquefois, je peux aussi me changer en tempête qui s'abat sur la terre : surprenante, brûlante et dévastatrice. Je sais que je suis une personne sûre, qui n'a qu'une parole, qui est capable de se donner à cœur perdu pour quelqu'un. En bref, je suis ravie de constater que je n'ai pas de regret à avoir sur mon chemin. L'ours qui marche à mes côtés est guéri et calme.

Il a grandi. Il me regarde de tout son amour, car tous les deux, nous ne faisons plus qu'un. De lui, j'ai appris que la colère peut être utilisée à bon escient. Que ma force peut me permettre de faire face à toutes les adversités et qu'il est bon aussi d'être capable de défendre vigoureusement ce en quoi l'on croit ou ceux que l'on aime. Que mon énergie a également la capacité de devenir une caresse tendre et un baiser doux dans le cou !

C'est à ce moment-là, quand mon chemin est sorti des ténèbres, la lumière était douce sur mon visage. Oui, c'est à ce moment-là que j'ai rencontré un autre absolu, un autre royaume autonome : Une personne dont je n'aurais jamais cru l'existence possible. Nous étions programmés pour nous retrouver. Dès que je l'ai vu, j'ai su. Cet homme parmi des milliards était fait pour moi. Est-ce qu'il faut traverser l'enfer en rampant pour voir apparaître son âme jumelle ? « Sans doute », me dirait Samuel. « C'est toujours au moment où on s'y attend le moins ! »

Sa voix est chaleureuse, ses mains me caressent tendrement. Il me regarde comme si nous nous connaissions depuis toujours, comme s'il voyait à travers moi et au-delà. Alors, quelque chose a changé en moi, une micro-onde de choc, des frissons qui se muent en étincelles, qui se répandent dans tout mon corps. Je n'ai jamais ressenti cela avec Neil ni avec personne d'ailleurs. Mon passage en enfer m'a sans doute laissé quelques dons insoupçonnés. Nous avons dans nos cœurs la même liberté insoumise, la même solitude vitale. Tous les deux, nous marchions dans les mêmes pas sûrs et confiants d'un ours, jusqu'au lieu où nos routes et nos mains se sont enlacées.

Sa voix d'une extrême douceur m'a murmuré tendrement : « Tu mérites d'être étincelante, Lily ! Brille de mille feux pour moi ! » Mon cœur s'est embrasé ! Je ne sais pas combien de temps, j'ai erré dans cet état d'apesanteur, mais un son fragile et puissant m'a ramené doucement vers le réel. Le battement de mon cœur s'est harmonisé au rythme du sien. Ses bras m'ont enlacée et nous sommes restés ainsi l'un contre l'autre presque une éternité. J'étais tellement fatiguée, que je me suis laissée glisser dans un sommeil apaisant et profond. J'étais bercée par la douce sensation de ne plus avoir peur de me perdre, ou de le voir s'en aller.

Il était donc bien là, au bout du chemin, derrière la porte, à travers les larmes, le désamour, la déchirure et l'étranglement du cœur. Pour le moment, je ne m'inquiète pas de savoir si nous sommes l'un et l'autre liés à jamais. Je suis dans ses bras, il est dans les miens. Sa peau me fait vibrer, sa voix me réchauffe le cœur. Il me fait rire, il réveille la femme en moi, celle qui s'était éteinte pendant trop de temps. Je me sens heureuse, libre et vivante, c'est la plus belle chose que l'on puisse s'offrir mutuellement.
« Restons ainsi…
— … longtemps… »

# La Femme squelette

Durant les longues veillées d'hiver, dans les villages esquimaux, il n'est pas rare d'entendre l'histoire de cette jeune femme qui avait fortement contrarié son mari. On ne se souvient pas exactement de la cause, mais un soir, il l'avait traînée jusqu'à la plus haute falaise et l'avait précipitée dans la mer. Les villageois avaient entendu ses cris et ses appels au secours, mais personne n'avait levé le petit doigt pour lui venir en aide. Ainsi, la jeune femme était morte noyée. Sa chair avait commencé à se décomposer nourrissant les êtres qui peuplent les abysses. Il ne restait d'elle qu'un fragile squelette dansant au gré des courants. Depuis cette terrible fin, les pêcheurs hésitaient à aller jeter leurs filets dans ce secteur. Ils avaient peur qu'elle vienne hanter les poissons et leur sommeil.

Un jour pourtant, les courants entraînèrent la barque d'un pêcheur légèrement assoupi dans cette crique damnée. Il n'avait pas remarqué son éloignement de la côte. Or, voilà qu'un hameçon vint s'accrocher dans les os de la cage thoracique de la femme-squelette. Ce dernier pensa qu'il avait fait une belle prise et qu'il aurait ainsi à manger pendant quelques semaines. Il tira de toutes ses forces pour remonter le poisson, mais quelque chose résistait. Et, tandis que le pêcheur luttait avec le poids de sa mystérieuse proie, la mer se mit à bouillonner, secouant la frêle embarcation. Et plus il se débattait, plus la femme-squelette s'emmêlait dans la ligne.

Le pêcheur était fort et avait maintes techniques pour garder sa prise, et, alors qu'il se retournait pour rassembler ses filets et finir de remonter son butin, le crâne chauve de la femme-squelette apparut au-dessus des vagues. Le corps tout entier avait émergé et se trouvait suspendu à l'extrémité de sa barque.

« AAHH ! », hurla l'homme quand il aperçut la femme-squelette, terrifié par ce qu'il voyait. Il donna de grands coups de pagaie dans tous les sens afin que ce monstre s'écarte de lui. Puis, le pêcheur se mit à ramer de toutes ses forces vers le rivage. Il ne s'était pas rendu compte que le squelette était accroché à sa ligne et ne pouvait rien faire d'autre que le suivre. Aussi, semblait-il le pourchasser, debout sur ses pieds. Le pécheur était de plus en plus terrifié. Il avait beau faire des zigzags, le squelette le poursuivait, et ses bras se tendaient comme pour se saisir de lui et l'entraîner dans les profondeurs de l'océan.

« AAHH ! », hurla-t-il à nouveau en touchant terre. Il ne fit qu'un bond hors de son bateau et se mit à courir, sa canne à pêche serrée contre lui, traînant derrière lui, le squelette de corail blanc toujours entortillé à sa ligne.

Le pêcheur escalada les rochers, elle le suivit. Il courut sur la toundra gelée, elle le suivait encore. Il courut sur le poisson qu'on avait mis à sécher dehors, le réduisant en pièces... Elle le suivait toujours ne pouvant rien faire d'autre. Au passage des poissons séchés, la femme-squelette s'empara de quelques morceaux de chair et les mangea, car il y avait bien longtemps qu'elle ne s'était pas nourrie.

Enfin, l'homme atteignit son igloo, plongea à l'intérieur à quatre pattes. Hors d'haleine, il resta quelques minutes à hoqueter dans l'obscurité, son cœur battant douloureusement dans sa poitrine. Se croyant à l'abri, il invoqua l'esprit de Sedna, maîtresse des animaux marins afin qu'elle le protège et le pardonne s'il l'avait offensée. Et, lorsqu'il alluma sa lampe à huile de baleine, il la vit. Elle était là, recroquevillée sur le sol de neige, un talon par-dessus l'épaule, un genou contre la cage thoracique. Le pêcheur poussa un cri de terreur et se plaqua dans l'autre coin de son igloo comme une bête prise au piège.

De longues minutes s'écoulèrent, sans que ni l'un ni l'autre ne bouge. Lorsque son cœur retrouva le calme, il s'aperçut que le squelette restait immobile, car il était étrangement entortillé dans son fil de pêche. À la lueur de la lampe, il trouva que cette créature n'était pas si repoussante et il comprit qu'elle était tout comme lui prise au piège avec un inconnu. Il se rapprocha prudemment, elle ne bougea pas. Alors, quelque chose au fond de lui, peut-être sa solitude ou son humanité, lui intima de tenter de la libérer de la ligne. Il lui murmura doucement quelques mots réconfortants.

« Voilà, voilà... » Il commença par désentortiller la ligne de ses doigts de pieds, puis de ses chevilles. Il travailla jusqu'à la nuit, il replaça tous les os dans l'ordre, puis il la couvrit de fourrures pour lui tenir chaud. C'était la première fois qu'une autre créature se trouvait avec lui dans son igloo, et il se sentit moins seul. Le pêcheur regarda la femme-squelette sans peur. De son côté, elle n'osait faire le moindre mouvement, de peur qu'il s'empare d'elle et la jette sur les rochers pour la mettre en pièces. Elle n'avait pas gardé de bons souvenirs du dernier homme à qui elle avait confié son cœur et son corps.

La fatigue eut raison du pêcheur, il commença à somnoler. Il se glissa sous les peaux, et bientôt se mit à rêver. Or, parfois dans le sommeil des hommes, une larme perle de leurs paupières. Nous ignorons quelle sorte de songe en est la cause, cela doit être un rêve triste ou bien un rêve où s'exprime un désir. Dans son imaginaire, cette nuit-là, il vit la mort danser devant lui. Elle était drapée d'un magnifique voile d'écume. Son crâne lisse reflétait les étoiles et la lune. Il lui prit les mains et ils dansèrent l'un contre l'autre, sans peur. Sa solitude lui pesait tant, qu'il rêvait très souvent que quelqu'un vienne se blottir dans ses bras, ou que la mort décide de mettre fin à ses jours. Cette danse entre la vie et la mort le fatiguait, il souhaitait que cela finisse.

La femme-squelette vit la larme scintiller à

la lueur de la lampe et soudain, elle eut terriblement soif. Elle déplia ses os et se glissa vers l'homme endormi, puis posa sa bouche sur cette perle d'eau salée. Cette unique larme fut pour elle comme une rivière à ses lèvres assoiffées. Elle but encore et encore, jusqu'à étancher la soif qui la consumait depuis si longtemps.

Pendant qu'elle était allongée près de lui, elle plongea la main à travers la poitrine de l'homme endormi, et mit au jour son cœur. Elle s'assit en tailleur et tapa des deux côtés du précieux cœur-tambour. Et tandis qu'elle jouait ainsi, elle se mit à chanter : « De la chair, de la chair ! De l'amour, de l'amour ! » Et plus elle chantait, plus son corps se couvrait de chair. Son crâne se vêtit d'une belle chevelure ondulante comme une rivière sombre. Dans ses orbites naquirent deux yeux étincelants d'un vert émeraude... Sa poitrine, ses hanches... Elle eut tout ce dont une femme a besoin.

Quand l'enchantement fut terminé, elle ôta les vêtements de l'homme endormi et se glissa dans les fourrures de bêtes à ses côtés, peau contre peau. Elle rendit au pêcheur son tambour magnifique, son cœur, et vint se blottir contre sa poitrine pour l'entendre battre. C'est ainsi qu'ils se réveillèrent, l'un à l'autre entrelacés. Les mains du pêcheur sentirent la peau douce de la nouvelle femme-squelette, il la caressa tendrement et la serra contre lui.

Il l'avait tant désirée dans ses songes, tant attendu sur la banquise qu'un sourire d'enfant illumina son visage. C'était elle. La mort avait sans doute eu pitié de sa solitude… ou serait-ce Sedna ?

Cette histoire venue d'un temps ancien nous éclaire sur le véritable amour, celui qui n'a pas peur d'affronter les ténèbres, ôter les liens, donner son cœur et ses larmes les plus intimes à l'autre. Le cadeau offert en retour, c'est un amour qui ne craint plus de mourir pour se réinventer.

Écoutez le chant de la femme-squelette, n'ayez plus peur d'elle, vivez cette vie intense et pleine de richesse !

*Fin*

La Luciole Masquée est née au printemps 1975. Diplômée de l'École supérieure des Beaux-arts de Perpignan et d'un certificat de vendeur en librairie, elle exerce depuis plus de vingt ans dans le monde du livre aux postes d'éditrice, libraire et autrice.

Son premier album, *La Belle et Ganesh*, aux éditions de Karibencyla, est salué par les professionnels et le public. Depuis ses débuts, elle navigue entre tous les genres qui lui permettent de faire voyager son imaginaire et le lecteur avec elle. Aujourd'hui, elle vit dans le sud de la France et partage son temps entre l'écriture et son métier de libraire.

*« L'écriture, c'est un cœur qui se confie, qui chuchote, qui chante, qui rit et qui offre tout cela au lecteur. »*

www.laluciolemasquee.com

## Du même auteur

*Aux éditions de Karibencyla*

BARBE BLEUE ET COMPÈ LAPIN
LA BELLE ET GANESH
BLANCHE-NEIGE ET LES KORRIGANS
CENDRILLON ET L'OISEAU DE FEU
PEAU D'ÂNE ET LES TANUKIS
JORDI, LE DRAGON ET LA PRINCESSE

*Aux éditions nobi nobi !*

URASHIMA TARÔ ET LE ROYAUME DES SAISONS PERDUES.

*Aux éditions Locus Solus*

LES CRÉATURES CELTIQUES